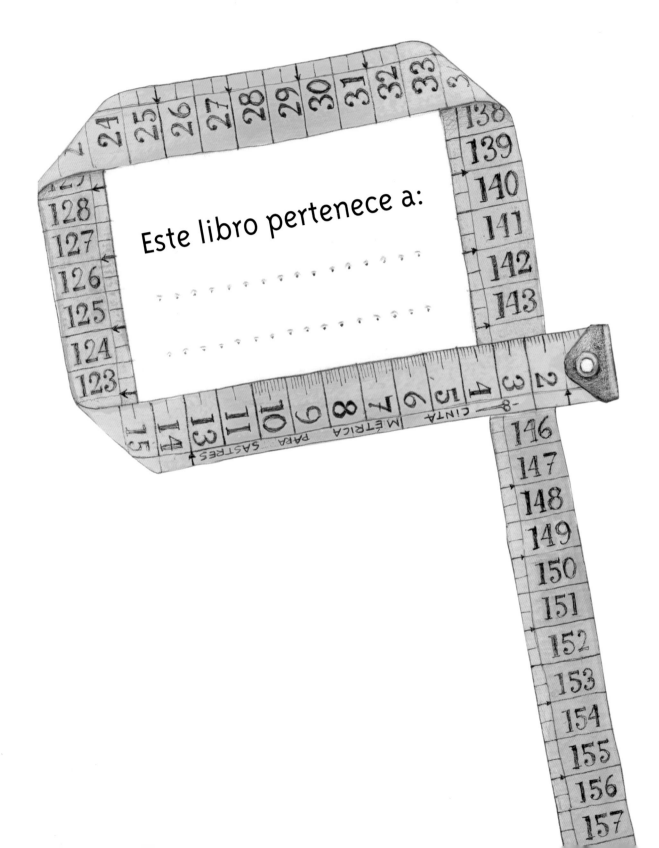

Este libro pertenece a:

Rodríguez, Antonio Orlando, 1956-
Fiesta en el zoológico / Antonio Orlando Rodríguez ;
ilustraciones Núria Feijoó Antolín. -- Editora Mireya Fonseca
Leal. -- Bogotá : Panamericana Editorial, 2013.
36 p. : il. ; 23 cm.
ISBN 978-958-30-4160-0
1. Animales - Literatura infantil 2. Animales de zoológico
- Literatura infantil 3. Historias de aventuras I. Feijóo Antolín,
Núria, il. II. Fonseca Leal, Raquel Mireya, ed. III. Tít.
591 cd 21 ed.
A1388747

CEP-Banco de la República-Biblioteca Luis Ángel Arango

Fiesta
en el
zoológico

Antonio Orlando Rodríguez

Primera edición en Panamericana Editorial Ltda.,
abril de 2013
© 2013 Antonio Orlando Rodríguez
© 2013 Panamericana Editorial Ltda.
Calle 12 No. 34-30, Tel.: (57 1) 3649000
Fax: (57 1) 2373805
www.panamericanaeditorial.com
Bogotá D. C., Colombia

Editor
Panamericana Editorial Ltda.
Edición
Mireya Fonseca Leal
Ilustraciones
Núria Feijoó Antolin
Diagramación
Marca Registrada Diseño Gráfico Ltda.

978-958-30-4160-0

Impreso por Panamericana Formas e Impresos S. A.
Calle 65 No. 95-28, Tels.: (57 1) 4302110 - 4300355
Fax: (57 1) 2763008
Bogotá D. C., Colombia
Quien solo actúa como impresor.

Impreso en Colombia - *Printed in Colombia*

Fiesta en el zoológico

Antonio Orlando Rodríguez

Ilustraciones
Núria Feijoó Antolin

PANAMERICANA
EDITORIAL

A todos los amigos
(chicos y grandes)
de los animales
(grandes y chicos)

En nuestra ciudad tenemos un zoológico donde los animales no están encerrados en jaulas, sino sueltos, así que pueden ir para aquí y para allá, según se les antoje. Todos están muy bien atendidos y se sienten a gusto.

Cuando se enteraron de que iba a darse una gran fiesta para festejar el primer año del zoológico, los animales quisieron contribuir a ella con algo especial.

Unos decidieron que formarían una orquesta y tocarían en un gran baile. Un oso se brindó como director y sin tardanza empezó a ensayar con los músicos.

Otros animales acordaron jugar un partido de fútbol ese día y comenzaron a entrenar para ponerse en forma. Se organizaron en dos equipos: Los Invencibles y Los Reyes del Balón. Al frente del primero, estaba un rinoceronte, y del segundo, un puercoespín. Como árbitro fue elegido un canguro.

Algunos prefirieron interpretar una obra de teatro y empezaron a ensayar *Caperucita Roja*. El papel de Caperucita le fue otorgado a una traviesa ardilla; el de la abuelita, a una anciana camella, y el del leñador, a un ciervo de impresionante cornamenta. Como varios lobos insistían en interpretar el personaje del Lobo Feroz, para evitar peleas y celos se lo asignaron a un chimpancé.

Pero había un grupo de animales que todavía no había decidido cuál sería su aporte a la fiesta. Por más que se rompían la cabeza, no se les ocurría nada. Así estuvieron hasta que, cuando ya solo faltaban cuatro días para la gran celebración, una joven y pizpireta cacatúa tuvo una atrevida idea.

"¡Hagamos un gran desfile de modas!", dijo. Su propuesta fue acogida con entusiasmo. ¡Genial!, aprobaron todos, y enseguida un montón de animales se brindó para desfilar por la pasarela.

"No quiero ser aguafiestas", exclamó de pronto un avestruz. "Pero ¿quién diseñará y confeccionará los vestidos?".

"Visitaremos a algún diseñador de renombre y le pediremos su ayuda", repuso la cacatúa.

Al otro día, una delegación se dirigió al taller de costura de
la famosísima diseñadora Glamurosa del Hilo Plateado.
La encabezaba, como era de esperar, la cacatúa, escoltada por
una serpiente pitón y una hipopótamo.

Tijeras en mano y muy asombrada, Glamurosa del Hilo Plateado escuchó sus peticiones:

"El zoológico va a dar una gran fiesta y queremos organizar un desfile de modas", explicó la cacatúa.

"Yo quiero desfilar con una falda larga y vaporosa", exclamó la serpiente pitón.

"Y yo, con un bikini de muchos colorines", soñó la hipopótamo.

"Lo siento, pero tengo mucho trabajo", se excusó Glamurosa del Hilo Plateado. "Además, nunca he diseñado ropa para animales y no sabría cómo hacerlo". Y, abriendo y cerrando sus tijeras, les sugirió que pidieran ayuda a otra persona.

Cuando la cacatúa, la serpiente pitón y la hipopótamo volvieron al zoológico con la mala noticia, algunos pesimistas opinaron que tal vez debían desistir del desfile y pensar en otra cosa. "Ya solo faltaban tres días para la fiesta", argumentó una mona. Pero la cacatúa se negó a darse por vencida y dijo que probarían con otro diseñador.

A la mañana siguiente, la cacatúa salió del zoológico rumbo al atelier del superfamosísimo Exquisito Corte-Perfecto. Esta vez sus acompañantes eran una cebra y una iguana. Para llegar más rápido, hicieron el viaje en un autobús.

Exquisito Corte-Perfecto estaba muy ocupado,
pero accedió a recibir a las inesperadas visitantes.

"El zoológico va a dar una gran fiesta y queremos
hacer un desfile de modas", dijo la cacatúa.

"Yo, que estoy aburrida de las rayas, quiero
desfilar con un vestido a cuadros", pidió la cebra.

"Y yo, con unos zapatos de tacones muy altos",
fantaseó la iguana.

"Me temo que no podré ayudarlas", se apresuró a contestar,
preocupado, Exquisito Corte-Perfecto. "La ropa para animales
no es lo mío", agregó. Y señalándoles la puerta de salida, les
deseó suerte con otro diseñador.

Cuando en el zoológico se supo el resultado de la visita, varios animales consideraron que debían renunciar al desfile y aportar alguna otra cosa a la fiesta que tendría lugar en dos días. "No tiene sentido seguir aferrados a la misma idea", comentó el cocodrilo. Pero la cacatúa les suplicó que le dieran un último chance para conseguir a alguien que les hiciera la ropa y, a regañadientes, accedieron a darle una tercera y última oportunidad.

En cuanto salió el sol, la comitiva abandonó el zoológico. Al frente iba, por supuesto, la cacatúa, seguida esta vez por un águila calva y una jirafa.

"¿A cuál recontrafamosísimo diseñador le pediremos esta vez que nos ayude?", preguntó el águila calva.

"A ninguno", replicó la cacatúa. "Usaremos otra estrategia". Y deteniendo un taxi, le dio una dirección al chofer y le rogó que se diera prisa, pues no tenían ni un minuto que perder.

La cacatúa y sus amigas se bajaron en una escuela donde estudiaban los futuros diseñadores de moda y a toda prisa irrumpieron en un salón de clases en el que tres jóvenes hacían sus prácticas de costura.

"¡Muchachos, necesitamos su colaboración!", exclamó la cacatúa, y les habló de la fiesta que se celebraría en el zoológico al día siguiente y del desfile de modas que querían hacer. "Necesitamos que nos vistan a la moda".

Como apenas disponían de 24 horas para diseñar y confeccionar los vestidos, comenzaron a trabajar en el acto, con gran entusiasmo, para complacer los deseos de quienes querían desfilar, muy a la moda, por la pasarela.

A la iguana, le hicieron una minifalda de lentejuelas...

A los flamencos, botas de cuero de distintos colores...

A la tortuga, unos pantalones bien ceñidos y a la cadera...

"Yo quiero desfilar con un elegante sombrero de plumas", pidió el águila calva.

"Y yo, con una chaqueta de cuello alto", imaginó la jirafa.

A los estudiantes les encantó la idea y salieron con los animales rumbo al zoológico.

A la elefanta, el vestido de novia con larga cola de encaje con el que siempre había soñado...

Los muchachos dibujaron bocetos, tomaron medidas, cortaron telas y cosieron durante el día, la noche y la madrugada...

Hasta que por fin, temprano en la mañana,
empezó la gran fiesta.

El zoológico se llenó de visitantes que bailaron con la
música de la orquesta dirigida por el oso, aplaudieron
a rabiar la representación de *Caperucita Roja* y
gritaron de emoción durante el reñido partido de
fútbol (al final, Los Invencibles y Los Reyes del Balón
quedaron empatados con el marcador 456-456).

Pero el mayor éxito del festejo fue el desfile de modas,
que dejó a todos boquiabiertos y que fue calificado de
"vanguardista" y de "muy chic".

Los animales desfilaron airosamente por la pasarela y, como sorpresa final, apareció el mismísimo rey de la selva, el león, con la melena pintada de azul y un corte de cabello punk, haciendo atrevidas piruetas en una patineta.

Sin decírselo a nadie, la cacatúa había enviado correos electrónicos al director y a los maestros de la escuela de diseño, invitándolos al desfile de modas. Ellos quedaron sorprendidos con la creatividad de los jóvenes estudiantes y decidieron otorgarles inmediatamente el diploma de diseñadores.

Ahora todos en la ciudad estamos
esperando que el zoológico cumpla su
segundo año y que hagan otra fiesta.
¿Qué nuevas sorpresas nos darán
los animales...?